# El Universo

# Bienvenido al *Universo*

nivola

1º edición: noviembre 2006

Diseño de colección: Raquel Fraguas
Ilustraciones de Clara Martínez-Lázaro Alameda


Apartado de Correos 113. 28760 Tres Cantos
Tel.: 91 804 58 17
Fax: 91 804 14 82
www.nivola.com
correo electrónico: contacto@nivola.com

ISBN-10: 84-96566-32-3
ISBN-13: 978-84-96566-32-3
Depósito legal: M-48.173-2006
Impreso en España

# Bienvenido al Universo

Clara Martínez-Lázaro

**El Universo**

# Los personajes

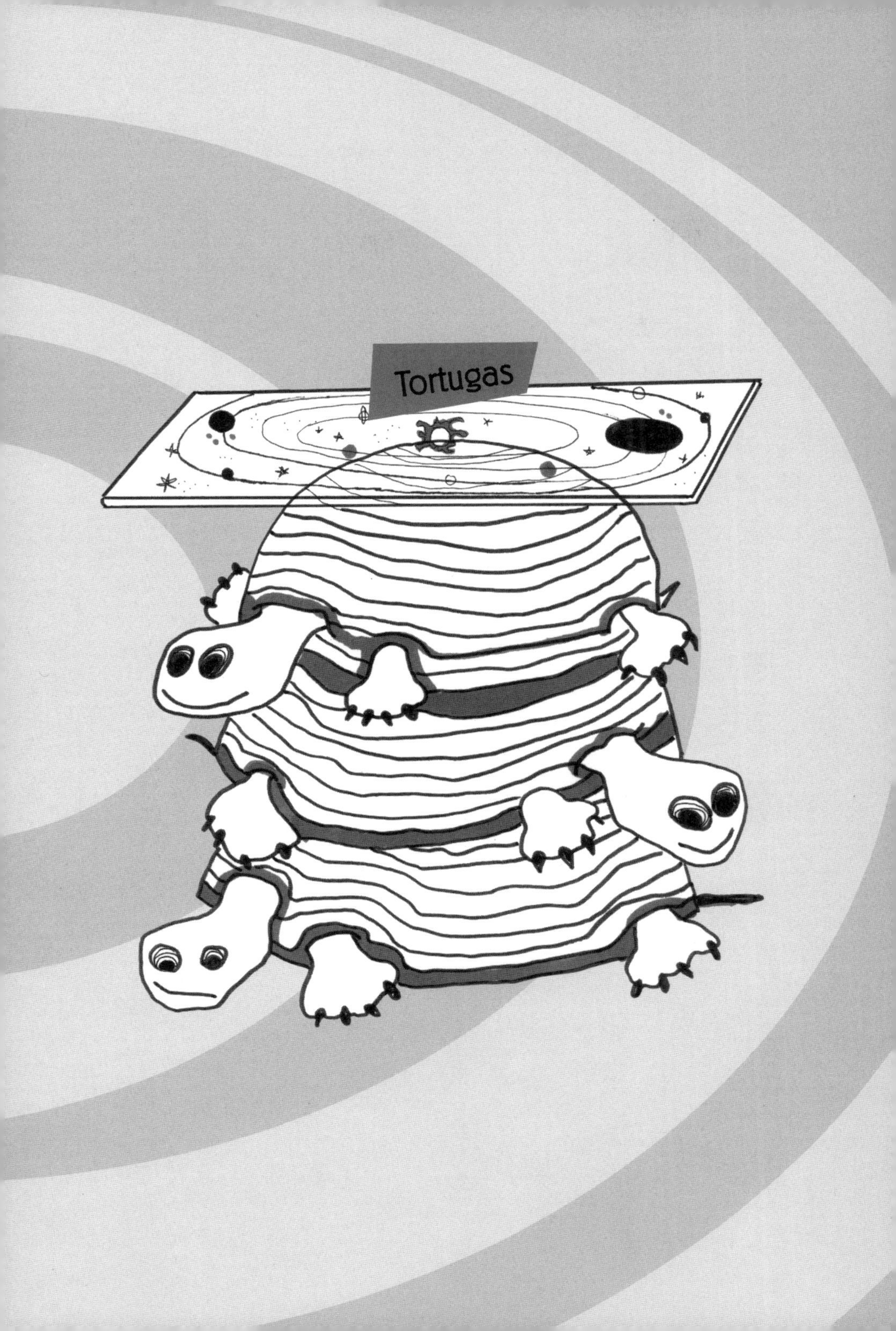
Tortugas

# A lomos de tortuga

–¿Cómo es de grande el Universo?

–No lo sé. ¿Qué hay al otro lado?

–Pues... Me pregunto si el Universo es redondo, como los planetas.

–El Universo es una capa plana que se sostiene sobre el caparazón de una tortuga gigante.

–¿Y sobre qué se sostiene la tortuga...?

–Sobre otra tortuga.

–¿Y esa tortuga?

* Universo

–Qué pregunta... Hay tortugas hasta el fondo.

Así hablaban Juan y Anita cuando se referían al Universo.

Cada noche observaban las estrellas por la ventana y se preguntaban cómo sería estar cerca de ellas. Imaginaban que las tocaban y que volaban de una a otra a toda velocidad.

En realidad, no tenían ni idea de cómo era el Universo.

–Cuando hablamos del Universo, las cosas son muy diferentes a como las conocemos en la Tierra. No podemos ir de una estrella a otra como si fuésemos a comprar el pan

–explicó Juan, que había leído un poco sobre las estrellas.

–Ah, claro –se desilusionó Anita. Ella pensaba que cuando fuese un poco más alta, le dejarían apuntarse a clases de vuelo y que podría visitar todas las estrellas que veía desde su ventana.

Juan pensó que sería mejor hablarle a Anita sobre la realidad conocida del Universo y tal vez así ella planearía sus sueños con un poco más de realismo y sentido práctico.

–En el Universo no hablamos de horas y minutos. Se nos quedarían pequeños. El Universo es muy grande. La medida que empleamos para hablar del Universo es el *año–luz*

1/2 segundo
1 segundo
1 minuto
1 hora
1 año luz

–comenzó Juan–. Son dimensiones inmensas y no tienen nada que ver con las de la Tierra. Un *año–luz* es la distancia que la luz es capaz de recorrer en un año. La luz viaja a trescientos mil kilómetros por segundo, y por eso es muy útil como herramienta.

Como la luz es además muy, muy veloz, eso nos permite medir distancias muy grandes, pues recorre mucho espacio en poco tiempo. En el Universo, los astros están a inmensas distancias los unos de los otros y lo abarcamos mejor con un mensajero tan rápido como la luz.

Además, nos podemos ayudar de otros instrumentos, como las matemáticas y la física para llegar a conclusiones lo más aproximadas posibles acerca del Universo. Al ser tan grande y lejano, sólo podemos imaginar cómo es y describirlo con números y fórmulas matemáticas y físicas, que creemos correctas hasta que se demuestra lo contrario.

Juan comprobó que Anita le escuchaba con mucha atención y eso le animó a seguir con la lección improvisada.

–Actualmente, no lo sabemos todo acerca del Universo. Cuando miramos por la ventana sólo vemos algunos de sus elementos: los planetas más próximos, las estrellas, la Luna, el Sol y, de vez en cuando, algún cometa que pasa cerca de la Tierra cada varios años. Creemos que el Universo tuvo un inicio, algo así como el nacimiento de un bebé, que los científicos llaman el *Big Bang*, una gran explosión. Tras una concentración muy fuerte de gases en el espacio, éstos colisionaron dando lugar a una fuerte detonación que hizo que la materia concentrada comenzase a expandirse a toda velocidad.

Igual que ocurre con los gases de los fuegos artificiales, que se alejan del centro de la explosión, en el caso de nuestro Universo la materia aún hoy sigue alejándose.

No sabemos sin embargo qué hubo antes de la Gran Explosión. Entraríamos en discusiones más complejas y nos plantearíamos nuevas mediciones. Como, por ejemplo, empezar a contar el tiempo o la historia del Universo desde antes de lo que creemos.

# Historia del cosmos

Sin duda han sido muchos los estudiosos del misterioso Universo. A medida que las tecnologías mejoran y el conocimiento se amplía, es relativamente más sencillo emitir teorías. Pero en la Antigüedad, no se disponía de instrumentos tan precisos y se desconocía la información que tenemos ahora.

El griego Aristóteles, en el siglo 340 a.C. (quiere decir *antes de Cristo*), hizo diversas aportaciones importantes, pero no muy correctas. Pensaba que la Tierra estaba en reposo en el centro del Universo y que el resto de los planetas, así como la Luna, el

Sol y las estrellas, se movían a su alrededor. En aquella época, las creencias religiosas se imponían sobre las científicas; el conocimiento científico era escaso y la religión ya se había desarrollado durante muchos años. Los pueblos la empleaban para dar explicación a fenómenos de la naturaleza que se les escapaban de las manos.

Ahora sabemos que las teorías de Aristóteles respecto a la Tierra son incorrectas, pero por aquel entonces nada se podía probar, y las teorías se aceptaban o se rechazaban según les conviniese a unos u otros.

En el siglo II a.C. fue Ptolomeo, también griego, el que describió el Universo como un todo en el que ocho esferas rodeaban a la Tierra y daban vueltas a su alrededor. Cada esfera se encontraba dentro de otra, de manera que la más grande acogía a todas las demás en su interior. Un poco como el juego de las muñecas rusas, que se meten una dentro de otra. Sobre la superficie de cada una de las esferas se movían los astros.

En 1514, Copérnico, un sacerdote polaco, se opuso a todas las teorías anteriores y se atrevió a decir que no eran los demás los que giraban alrededor de la Tierra, sino que era el Sol el que estaba en reposo en el centro del Universo y que el resto de los planetas, incluida la Tierra, giraban a su alrededor. Sólo un siglo más tarde las aportaciones de Copérnico fueron tomadas en serio. En

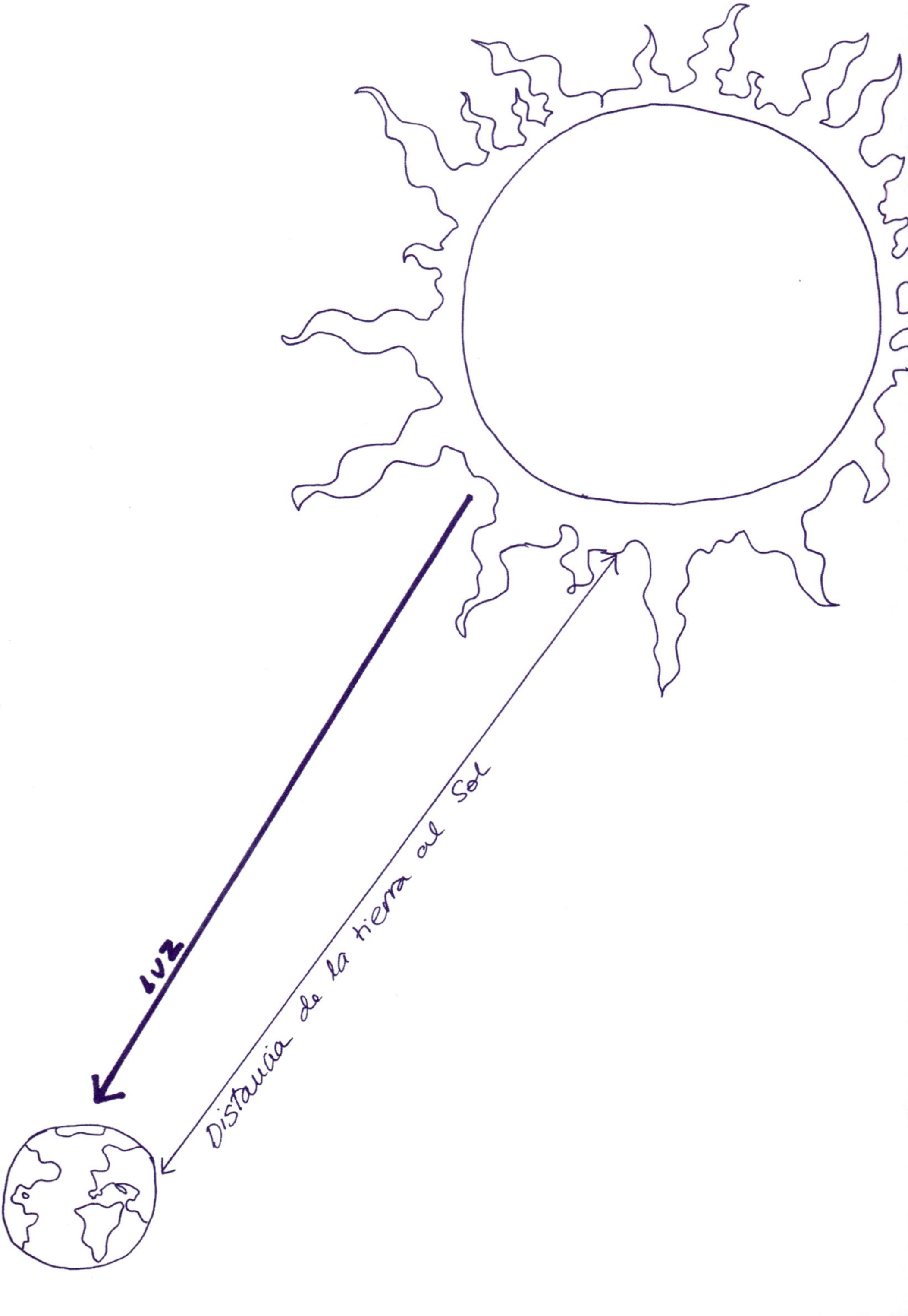
luz
Distancia de la tierra al Sol

un principio, el científico polaco tuvo que mantenerse en el anonimato por miedo a ser acusado de hereje por la iglesia, que nunca admitiría la posibilidad de que la Tierra no fuese el centro del Universo.

–Pero, un momento –interrumpió Anita–. ¿Qué es un hereje?

Juan comprendió que tal vez estaba empleado palabras que Anita nunca había escuchado antes...

–Copérnico –prosiguió lo más claramente que pudo– era sacerdote de la iglesia, pero también era un estudioso de la naturaleza que le rodeaba. En aquella época se sabía aún muy poco sobre la Tierra y el Universo y la gran mayoría de la gente se limitaba a creer lo que oía. La iglesia había establecido sus propias teorías sobre la creación del mundo y ahora Copérnico podía estar negando estas a través de sus nuevas mediciones. Si Copérnico, como sacerdote y representante de la iglesia que era, se oponía a sus compañeros, ellos le considerarían su enemigo, un traidor.

En 1690, Galileo revolucionó la ciencia. Observando con un telescopio los satélites que giraban alrededor de Júpiter llegó a la conclusión de que efectivamente todo no debía de girar alrededor de la Tierra. Si los satélites de Júpiter giraban alrededor de éste, entonces no lo hacían alrededor de la Tierra. Kepler, a su vez, perfeccionó la teoría de Copérnico, proponiendo un modelo en el que los planetas no girasen en circunferencias sino en elipses. Además, añadió una aportación tratando de explicar el movimiento elíptico de los cuerpos como causa de fuerzas magnéticas aún sin demostrar. "Algo ha de estar atrayendo a los planetas", explicó.

Kepler se equivocó al considerarlas magnéticas, pero no al aventurar que ha de haber una fuerza que atrae a los planetas provocando su movimiento. Fue Isaac Newton, en 1687, el que formuló la primera ley que establecía que los cuerpos siempre están en reposo o siguen moviéndose a la misma velocidad constante a no ser que una fuerza actúe sobre ellos. La idea le vino a Newton cuando, en busca de inspiración, fue a relajarse debajo de un árbol y le cayó una manzana en la cabeza. ¿Por qué cae la manzana en lugar de permanecer colgada de la rama eternamente? De la misma manera, ¿por qué nos precipitamos al agua si nos dejamos caer del trampolín? O ¿por qué resbalamos por el tobogán hacia abajo, y no hacia arriba?

Estamos acostumbrados a ver caer los cuerpos hacia abajo y no a que permanezcan flotando en el aire cuando los soltamos. Sabemos que si dejamos de sujetar a nuestro gato, caerá al suelo rápidamente. Todos los cuerpos se ven atraídos por una fuerza llamada *gravedad*. Es esta fuerza la que provoca el movimiento de los planetas. Y de las manzanas.

–Entonces –interrumpió Anita–¿mis manzanas atraen a los planetas desde aquí?...

Anita corrió a la ventana de su habitación y saco una manzana de color verde, alzándola bien alto en dirección al cielo nocturno.

Juan la miraba y no pudo evitar esbozar una sonrisa. Luego se acercó hasta ella y le quitó la manzana, pegándole un mordisco a continuación.

–¡Qué haces!–protestó Anita.

–No te enfades. Tu manzana es demasiado pequeña para mover a los planetas.

Anita miraba por la ventana desolada.

–Además, están muy lejos.

Juan fue a sentarse e invitó a Anita a acercarse a él. Luego prosiguió.

–Isaac Newton sentó los principios de la física y de la astronomía tal y como los conocemos hoy en día. No se habían resuelto todos los enigmas, sin embargo y, una vez descartado el modelo de Ptolomeo de las esferas giratorias, se abría de nuevo la pregunta acerca del límite exterior del Universo. ¿Dónde acababa? ¿Acaso tiene el Universo fronteras?

Anita se encogió de hombros.

–Lo que sí se creyó en aquellos tiempos, gracias a las leyes de Newton, es que las estrellas, al contrario que la Tierra y el resto de los planetas, permanecían en reposo y sólo alteraban su posición debido al movimiento de la Tierra en torno a ellas.

Es decir, que somos nosotros, desde la Tierra, los que cambiamos de posición y por eso nos parece que las que se mueven son las estrellas. De esta manera nació la concepción del Sol y el sistema solar como algo más que meros adornos decorativos en el Universo. Hoy sabemos que el planeta Tierra pertenece a ese complejo grupo formado por el Sol y los planetas y que a su vez, el sistema solar pertenece a la Vía

Láctea, que es la galaxia de la que formamos parte.

# El fondo del Universo

Tras este breve repaso histórico, podemos observar que han sido diversas teorías las que han tratado de explicar de dónde venimos y hacia dónde vamos. Algunas se fueron descartando con el tiempo y otras han permanecido vigentes.

Pero, ¿cómo describir el Universo con una sola teoría? Un enunciado que nos ayude a comprender cómo cambia y si terminará algún día.

Juan había ido a coger una hoja para hacer a Anita algunos dibujos explicativos.

–Mira, entender el Universo es como entender el fondo del mar. Este último ha sido más sencillo de estudiar porque queda más cerca y el hombre ha inventado sistemas seguros de explorarlo. Gracias a las bombonas de oxígeno, los buceadores nadan mar adentro y luego se sumergen en las profundidades durante horas...

A Anita se le perdió la vista a lo lejos, tratando de imaginar cómo sería el fondo del mar.

–¿Tú crees que será un poco como volar? –preguntó a Juan, aún sin mirarle a la cara.

–Mmmm, ¿cómo volar?

–Claro. Cuando buceo en la piscina me parece que vuelo, porque nada me sujeta y no necesito tener los pies sobre el suelo.

–Ahhh. Ya veo –no quería incitar a Anita a experimentos peligrosos y prefirió aclararse–.Mira, tienes que aprender a bucear con bombonas de oxígeno. Es como estudiar para astronauta. No es fácil respirar ahí fuera.

Juan señaló al cielo estrellado y Anita comprendió enseguida.

–Juan, ¿tú crees que si aprendo a bucear habré aprendido a volar por el espacio?

–¡No! –Juan estaba asustado. Se sentía responsable de su prima pequeña.

Se levantó y fue a cerrar la ventana. Anita le miraba sin comprender.

–Anita, no se puede volar así como así.

–¿Me atraerían los planetas igual que la Tierra atrae a la manzana?

–No es tan sencillo. En el espacio los astronautas flotan, pero eso no significa que estén volando. No pueden controlar sus movimientos como en la Tierra. Flotan porque no les atrae un planeta con suficiente fuerza gravitatoria o gravedad. Los planetas están muy lejos, mucho más de lo que nos imaginamos.

Anita se había perdido hacía un rato. Quiso volver al tema de las tortugas.

–Me parecía todo más sencillo cuando nos sosteníamos encima de las tortugas –dijo.

Juan se puso a caminar por la habitación. Luego se le ocurrió salir al jardín y tumbarse sobre el césped para contemplar el Universo desde abajo.

Anita permanecía a su lado, en silencio, sin saber qué decir. Aún deseaba volar para poder tocar ese techo de luces que les cubría.

–La verdad es que, si soy sincero contigo –dijo Juan–, no sabemos casi nada del Universo. Es un puzzle que no se ha resuelto del todo. No sabemos cómo son sus fronteras. ¿Acaso las tiene?

–El mar sí que tiene fronteras –añadió Anita sintiendo que entendía un poco.

–Muy bien. Eso es. Sabemos que si buceamos muy profundo tocaremos el fondo del mar. Pero el fondo del Universo... y también, ¿es redondo? ¿Por qué se comporta como se comporta?...

–¿Crees que en el Universo hay olas como en el mar?

Juan miró a Anita y sonrió. Era una niña muy lista. Aunque no entendía todo lo que él decía, su imaginación la llevaba a intuir preguntas y respuestas y a ver más allá de las estrellas, aunque estuviesen tan lejos.

–¿Sabes?, en cierta manera –explicó Juan– sí que hay olas en el Universo. Los planetas giran alrededor de otros dibujando elipses porque el Universo está lleno de curvas.

–Así que los planetas son como... ¡grandes barcos que navegan sobre las olas!

–Exactamente –Juan se estaba metiendo en el tema de tal manera que pensó que debía repasar sus libros antes de seguir hablando de memoria sobre temas tan complejos...

–Pero, ¡no te quedes callado! –le regañó su prima.

–Tranquila. No es tan sencillo...

Neptuno
Saturno
Venus
Plutón
MERCURIO
TIERRA
JÚPITER
URANO

–Eso ya lo has dicho antes. Es más que sencillo. El Universo está lleno de agua que hace olas...

–Eh, no tan deprisa –la cortó Juan–, no es agua. El agua está sólo en la Tierra. No se sabe de qué está hecho el Universo.

–Ah, ¿no?

–Bueno..., sí y no.

–Pues...

–No es tan sencillo.

–Vale. Te creo –Anita sintió que había tenido suficiente por esa noche y cerró los ojos, dispuesta a quedarse dormida sobre el césped y bajo las estrellas.

–¿Qué haces?

–Intento dormir un poco.

–Cogerás frío.

–¿Con el calor que hace?

–A medida que pasen las horas se enfriará la noche. No olvides que cuando el Sol se pone deja de calentarnos.

Anita no sabía qué hacer. Realmente quería quedarse allí, pero Juan había tenido tanta paciencia con ella...

–¿Crees que estamos solos en el Universo? –interrumpió Anita mientras se levantaban.

Juan no sabía que decir y se encogió de hombros.

# Estrellas lejanas

A la mañana siguiente, Juan se despertó con la sensación de que había estado soñando con estrellas fugaces.

Prefirió no hablarle a Anita sobre eso porque pensó que tendría que explicarle qué eran y prefería ir poco a poco.

Anita ya estaba desayunando en el jardín cuando salió Juan.

–¿Has madrugado?

–Sí –asintió Anita.

–¿Has dormido mal? –preguntó Juan simpático.

–Pues... sí. He estado viendo estrellas fugaces.

Juan no podía creerlo.

–¿De verdad? –preguntó Juan.

–Claro, en verano se ven mejor. No sé por qué pero es así.

–¿Sabes qué son las estrellas fugaces?

–Claro –contestó la prima pequeña–, son pedazos de meteorito que caen..., cruzan el cielo y atraviesan la atmósfera.

–Qué interesante –Juan sabía lo que eran pero quiso seguirle la corriente.

–¿Sabes por qué las vemos nosotros desde la Tierra? –Anita pensó que ahora le tocaba preguntar a ella.

–Mmmm...

–Mmmm...

Y no le dio a Juan oportunidad de responder.

–Las vemos en el momento en que atraviesan las capas de la atmósfera. Arden al chocar con los gases que recubren la Tierra y por eso se iluminan.

Juan estaba impresionado. De hecho, eso no lo sabía él.

–Bueno. Eso no lo sabías, pero no te preocupes. Hay muchas cosas más que me tienes que contar y que no conozco.

Juan pegó un sorbo a su vaso de leche y miró al cielo, que estaba completamente despejado.

–Creo que será mejor esperar a que llegue la noche. A la luz del día no vemos nada.

La verdad es que Juan no había repasado sus libros y necesitaba un poco más de tiempo. Pero Anita estaba ansiosa por saber más y no le dejó dormirse en los laureles.

–Vamos a hablar de las estrellas. No sé mucho de ellas, sólo conozco algunos de sus nombres...

–Bueno, supongo que podríamos hablar un poco de las estrellas que vemos a simple vista, luego pasaríamos a aquellas que no vemos porque están demasiado lejos, luego...

–Espera. Parece que quieres ir más deprisa que ellas...

–Perdona. Pero nunca olvides que las estrellas no van deprisa, por eso su movimiento resulta inapreciable para nosotros.

–¿Ah, si? –Anita estaba confusa a pesar de que acababa de darle a Juan una perfecta definición de lo que era una estrella fugaz. Y es que las fugaces no son estrellas sino meteoritos.

–Entonces –prosiguió Juan–, las estrellas apenas alteran su posición... Pero nosotros, en la Tierra, sí que nos movemos. Por eso parece que las que se mueven son ellas.

–Vale.

Juan prosiguió hablando sobre las estrellas y le pareció un buen momento para introducir el tema de la expansión del Universo. Es decir, por qué sabemos que el Universo nunca deja de crecer. Le explicó a Anita por qué sabemos que el Universo está en expansión y cómo podemos calcular la edad de una estrella y su distancia. Pensó que al convencerla de lo lejos que están, cesaría en su empeño por aprender a volar.

–La estrella más cercana a la Tierra se llama Proxima Centauri. Está a unos cuatro años–luz de distancia.

–¿Eso significa que tardaremos cuatro años en ir hasta Proxima Centauri?

–¡No! –corrigió Juan, enfadado–. ¿Ya se te ha olvidado? Un *año–luz* es la distancia que la luz recorre en un año. Luego la luz tarda cuatro años en llegar hasta nosotros desde la estrella. ¡Nosotros tardaríamos muchísimo más!

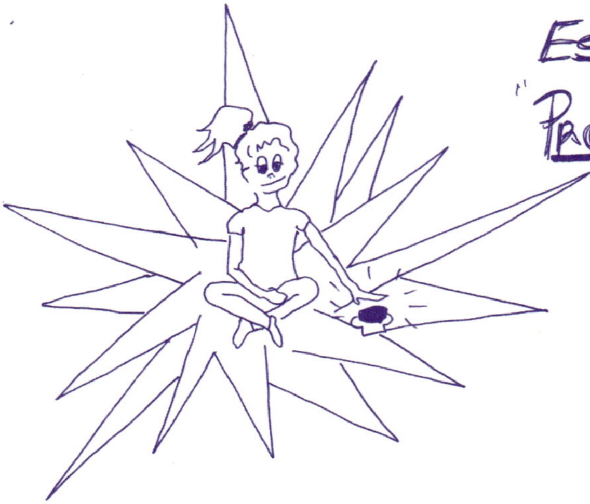

Estrella "Proxima Centauri"

Planeta Tierra

Cuando Anita apriete el interruptor de la estrella, su luz tardará varios años en llegar a Juan.

–¿Por qué? –se desilusionó Anita.

–¡¿Por qué?! Porque la luz viaja a 300.000 kilómetros por segundo. ¡Muy deprisa!

–Ah! –Anita se desilusionó de nuevo. Juan pensó que no había quedado claro.

–Mira, un segundo es un instante. Ese instante es el tiempo que tenemos que esperar para ver la luz de una estrella que esté a 300.000 kilómetros de distancia. Pero si la estrella está más lejos, en vez de un segundo, tardaremos más. Proxima Centauri está a unos treinta y siete billones de kilómetros, lo que significa que su luz tarda en llegarnos varios años desde que la estrella nace hasta que su destello se hace visible para nosotros.

–¿Y nuestro Sol? –preguntó Anita.

–El Sol es una estrella amarilla ordinaria de tamaño medio. Está muy, muy lejos.

La imagen moderna del Universo, es decir, la que tenemos ahora, se formó en 1924. Edwin Hubble demostró definitivamente que nuestra galaxia, la Vía Láctea, no era la única. En la Vía Láctea flotan estrellas y planetas, el Sol y la Tierra. Pero hay más conjuntos de astros por ahí. ¿Cómo averiguó Hubble que había más galaxias con más estrellas además de la nuestra?

Hubble sabía que para calcular si determinadas estrellas estaban fuera de la

Vía Láctea, debería saber cómo estaban de lejos. Para calcular la distancia, Hubble llegó a la conclusión de que las estrellas más luminosas estarían más cerca y las más lejanas apenas brillarían a nuestros ojos. Sin embargo, había un problema. Las estrellas más cercanas brillan más aunque su luminosidad natural sea más débil porque están más cerca de nosotros. Y eso nos podría llevar a confusión.

–Esta noche deberíamos hacer un experimento –interrumpió Anita–. Yo me pondré lejos con una linterna y a una distancia diferente pondré una cerilla...

–Espera, una cerilla podría ser peligroso para el monte –corrigió Juan.

–Bueno, pues otra linterna con una bombilla de menor potencia. Y tú tendrás que adivinar quién está más lejos, mi linterna o la otra.

–Vale, pero quedan muchas horas para la noche....

Pero enseguida se hizo de noche. Anita lo tenía todo preparado. Junto a un árbol alejado de la mesa unos cien metros, había dejado una linterna con una potencia de cien vatios. Luego Anita fue y se mantuvo de pie, a la espera de la llegada de Juan, junto a un árbol que quedaba a unos diez metros de distancia. Anita sujetaba una linterna de 25 vatios.

Juan salió a la calle y se sorprendió de verlo todo en la oscuridad. O mejor dicho, de no verlo.

Anita le gritó.

–¡Qué está más lejos, mi estrella o la otra estrella? Y luego movió su linterna para que Juan pudiese distinguir la suya.

Sin duda, la estrella inmóvil era mucho más luminosa, pero Juan conocía a Anita y pensó que estaba tratando de hacerle caer en la trampa.

–La estrella que tú sujetas está más cerca, aunque es menos luminosa que la que está lejana.

Anita salió de su escondite.

–¿Cómo lo has sabido?

–Porque te conozco. Mira, quería hablarte de la luminosidad de las estrellas y ahora que vemos el cielo de noche puedo hacerlo mejor.

Anita y Juan se volvieron a tumbar sobre el césped. Se quedaron mirando al cielo.

–Las estrellas, como podrás observar –prosiguió Juan–, tienen distintos colores.

–¿Qué dices? Yo las veo todas blancas.

–Perdona, vamos a mirar por el telescopio.

Juan y Anita fueron al telescopio. Anita miró primero. Estaba muy ansiosa por descubrir estrellas de todos los colores. Pero se decepcionó un poco nuevamente.

–No te desilusiones. Tienes que admitir que algunas son un poco más rojas, otras un poco más amarillas... etcétera.

–Bueno, ligeramente.

–No te quejes, que tampoco tenemos un telescopio muy grande.

Juan le explicó a Anita que las estrellas se clasifican a partir del color de su luz. Por ejemplo, la luz del Sol, al atravesar un prisma o un cristal con forma determi-

nada, se descompone en colores como el arco iris.

–¡Ah! El arco iris. Es por eso que cuando llueve se ve el arco iris en el cielo, ¿no? Porque las gotas de lluvia son como prismas.

–Eso es. Muy bien visto. El arco iris que conocemos a simple vista es una parte del espectro del Sol. Es, por decirlo así, un abanico de colores que, al juntarse, dan lugar a la luz del Sol.

–¿Y si el arco iris no tuviese color azul, el Sol estaría más caliente?

–Sabemos que cuanto más se aleja una estrella de nosotros más roja es y cuanto más se acerca, es más azul. Con los años, los astrónomos han seguido el rastro de estrellas concretas y han observado cómo éstas se van volviendo más rojas poco a poco. ¡Este descubrimiento les llevó a pensar que las estrellas se alejaban!

–Pero, ¿no habías dicho que las estrellas parecen estar quietas?

–Su movimiento es inapreciable. Las galaxias donde viven sí que se mueven. Es como ir sentado dentro de un coche en marcha.

–¿Nuestra Vía Láctea se está moviendo?

–Sí. Todas las galaxias se mueven, y se alejan unas de otras. Lo que significa que todos los cuerpos que flotan en el Universo se alejan unos de otros. Lo que significa que el Universo no está quieto.

–Ya. O sea que no sólo los planetas giran alrededor del Sol, sino que además la Vía Láctea se desplaza alejándose del centro del Universo.

–Eso es. Ha sido sólo en el siglo XX cuando se ha descubierto que el Universo está en expansión. Es decir, que sigue creciendo. Cuando Isaac Newton descubrió la fuerza de la gravedad, pensaba que el Universo era estático. Pero imagínate un Universo donde los planetas y las manzanas se atraen los unos a los otros desde sus respectivos puestos...!

–No entiendo.

–Mira. Imagínate un partido de fútbol. Hay un montón de jugadores esparcidos por el campo. Vamos a imaginar que cada jugador es un planeta. Todos tienen mucha fuerza y son capaces de atraer a los otros jugadores hacia ellos. Pero esos otros también tienen mucha fuerza. Ahora, vamos a suponer, como creía Newton, que los jugadores están estáticos. Siempre habrá uno que sea un poco más fuerte que el otro, porque es más alto por ejemplo. Ese atraerá con su fuerza gravitatoria a otro jugador, que no puede hacer nada para evitarlo. Irremediablemente, el jugador fuerte atrae al débil hacia él. Ahora son dos jugadores juntos, tienen más fuerza. Luego atraerán a un tercer jugador que también está quieto en su posición. Ahora ya son tres juntos. Tienen mucha fuerza, ¿no?

–Pues cada vez serán más fuertes y acabarán atrayendo progresivamente a todos los jugadores hasta que estén todos apelotonados.

–Exactamente. Sin embargo, si todos los jugadores, que te recuerdo que son planetas, se están moviendo continuamente por el campo, se mantendrán a distancia. Alguno correrá más que otro y los débiles podrán escapar de los fuertes y nunca se dejarán atrapar.

–Pero, ¿y si un jugador se tropieza y cae al suelo?

–Esperemos que la Tierra no tropiece con un gran meteorito. No ha pasado en miles de millones de años.

Anita tuvo que respirar profundamente para tratar de asimilar todo aquel embrollo. Algo no le encajaba...

–Juan, no entiendo por qué dices que las estrellas están inmóviles y los planetas se mueven si los dos forman parte de la galaxia.

–Bueno, los planetas giran alrededor del Sol dentro de la galaxia, pero las estrellas siguen movimientos inapreciables para nosotros dentro de la misma. Son los porteros del partido de fútbol. Y aún hay más.

¿Te has fijado que las estrellas están en el mismo sitio cada noche?

–Pero solamente en verano. Cuando llega el invierno desde aquí no vemos la Osa Mayor.

–Claro, pero...

–Eso es porque la Tierra se ha movido...

–Muy bien. Y al volver a su posición el verano que viene, la Osa Mayor volverá a estar aquí.

–Menos mal. Eso demuestra que la Tierra se mueve y las estrellas están aparentemente estáticas.

–O sea que la Tierra se mueve alrededor del Sol, gira sobre sí misma y se desplaza con los demás elementos de la galaxia Vía Láctea, que también se desplaza.

En ese momento Anita vio caer una estrella fugaz.

–¡Mira!...

–¡Mira!...

Pero Juan miró demasiado tarde.

–La próxima vez, avísame antes –dijo Juan bastante molesto.

–Pero si lo he hecho enseguida.

Juan entró en casa y volvió a salir con un libro bajo el brazo. Al abrirlo por la mitad, Anita se vio atraída por un gran dibujo.

–¿Qué es?

–Es una representación del Universo.

–Es redondo.

–Sí. No sabemos si realmente tiene esta forma, pero nos ayuda a entenderlo mejor. El Universo está en expansión y comenzó a expandirse a partir de una gran explosión, que llamamos Big Bang ¿Te acuerdas?

–Más o menos. Tras la explosión, las partículas se alejaron del centro a toda velocidad.

–Eso es. Como sabemos que hoy aún se siguen alejando, el Universo sería como un globo en expansión... Un globo en crecimiento... Un globo de gases que se infla y se va haciendo más grande.

–Y ¿por qué piensas que el Universo es redondo y no tiene forma cuadrada, por ejemplo?

–Es una de las teorías. Es como si las estrellas más lejanas estuviesen todas a la misma distancia y, por lo tanto, formasen una esfera. Si unas estrellas estuvieran más alejadas de otras formarían figuras como triángulos, cuadrados...

–Ya entiendo.

–¿Te acuerdas de los espectros de luz?

–Sí. El del Sol es como el arco–iris.

–Eso es. Y a medida que las estrellas se alejan más, el espectro es más rojo. Cuanto más se alejan de nosotros, más roja se hace la luz... Y como están tan lejos, se hacen casi imperceptibles. Pero en el año 1965 se hizo un descubrimiento maravilloso. Dos ingenieros de una compañía de teléfonos americana estaban estudiando un aparato para medir las ondas de luz de las estrellas... cuando dieron con algo que no esperaban. Por casualidad, empezaron a oír un ruido de fondo, un sonido permanente que no identificaban con nada conocido.

–¿Y qué era el sonido?

–Pues no lo supieron hasta años más tarde. Sólo comprobaron que al cambiar la posición del aparato, el sonido de fondo seguía estando ahí, tanto si apuntaban en una dirección como en otra. De modo que aquello que emitía el ruido estaba por todas partes, seguramente bastante lejos. Los envolvía una gran pelota.

–¿Pero no me vas a decir lo que era?

–Bueno... se supo en el año 1978, también por casualidad, cuando otros científicos investigaban el origen del Universo. Pensaron que tras la gran explosión toda la materia debió de haber permanecido muy caliente y brillante. Dichos genios pensaron que aún debía ser posible observar el resplandor de dicha luz, como las brasas de la chimenea que aún se mantienen un poco ardientes.

–¿Y veríamos ese resplandor de color rojo a través de un telescopio?

–No. Porque es un resplandor muy lejano. Mucho. Y no sería visible, pero sí podríamos oírlo.

–¿Con ese aparato para captar sonidos lejanos? –se adelantó Anita.

–Exactamente. Y así fue como sucedió todo. Sólo que los nuevos científicos no sabían que trece años antes otro par de genios investigadores ya había estudiado dicho sonido.

–Claro, los de la telefónica. Y fue entonces cuando los primeros descubridores entendieron que aquel sonido que no sabían identificar era un súper eco de la gran explosión de hace miles de millones de años.

–Pues eso sí que es increíble. Es como cuando vas de excursión a las montañas y te pones a gritar y tu voz rebota en las paredes de piedra...

–Eso mismo. Pero imagínate qué fuerte debió de ser esa explosión.

–Y que lo digas. Pero no me ayuda a entender por qué el Universo es más bien redondo y no cuadrado.

–De momento, ¿qué te parece si tratamos de entenderlo como una gran bola llena de sonidos? Si nos colocamos en el centro de la bola nos llegan los sonidos con la misma intensidad, y por eso suponemos que es una bola redonda.

–¡Pero si las bolas siempre son redondas! La pregunta es, ¿por qué es una bola?

–Bueno, creo que hemos tenido bastante por hoy.

–Juan...

Juan ya iba camino de casa, pero se volvió. Anita estiraba la cabeza bien alto en dirección al cielo.

–¿Crees que podremos oír el eco en una noche silenciosa? –preguntó la pequeña.

–Lo dudo, mucho, mucho.

–Me lo figuraba.

Anita se fue a dormir aquella noche pensando en todo lo que le había contado Juan. No le costaba recordar algunos de los ejemplos, como el de los jugadores de fútbol, el de las olas del mar y los barcos... No estaba segura de entender a la perfección el Universo, pero mucho se temía que eso iba a llevarle un tiempo. El Universo era una cosa inmensa que nos rodeaba por todas partes. Ella pertenecía a él, como Juan, su familia, sus amigos y todos los seres vivos de la Tierra. Pero, como había dicho su primo, la Tierra forma parte de una galaxia, que es la Vía Láctea. Y ésta no es la única galaxia. Y en el Universo no sólo hay galaxias. Hay muchas más cosas, como ese espacio invisible que no es agua pero que tiene olas por las que se desplazan los planetas. Anita se paró a pensar en lo pequeña que era y luego recordó sus deseos de poder volar para viajar de una estrella a otra. Ahora sabía, gracias a su primo mayor, que las estrellas están muy lejos unas de otras y que sólo su luz nos llega rápidamente, porque sólo

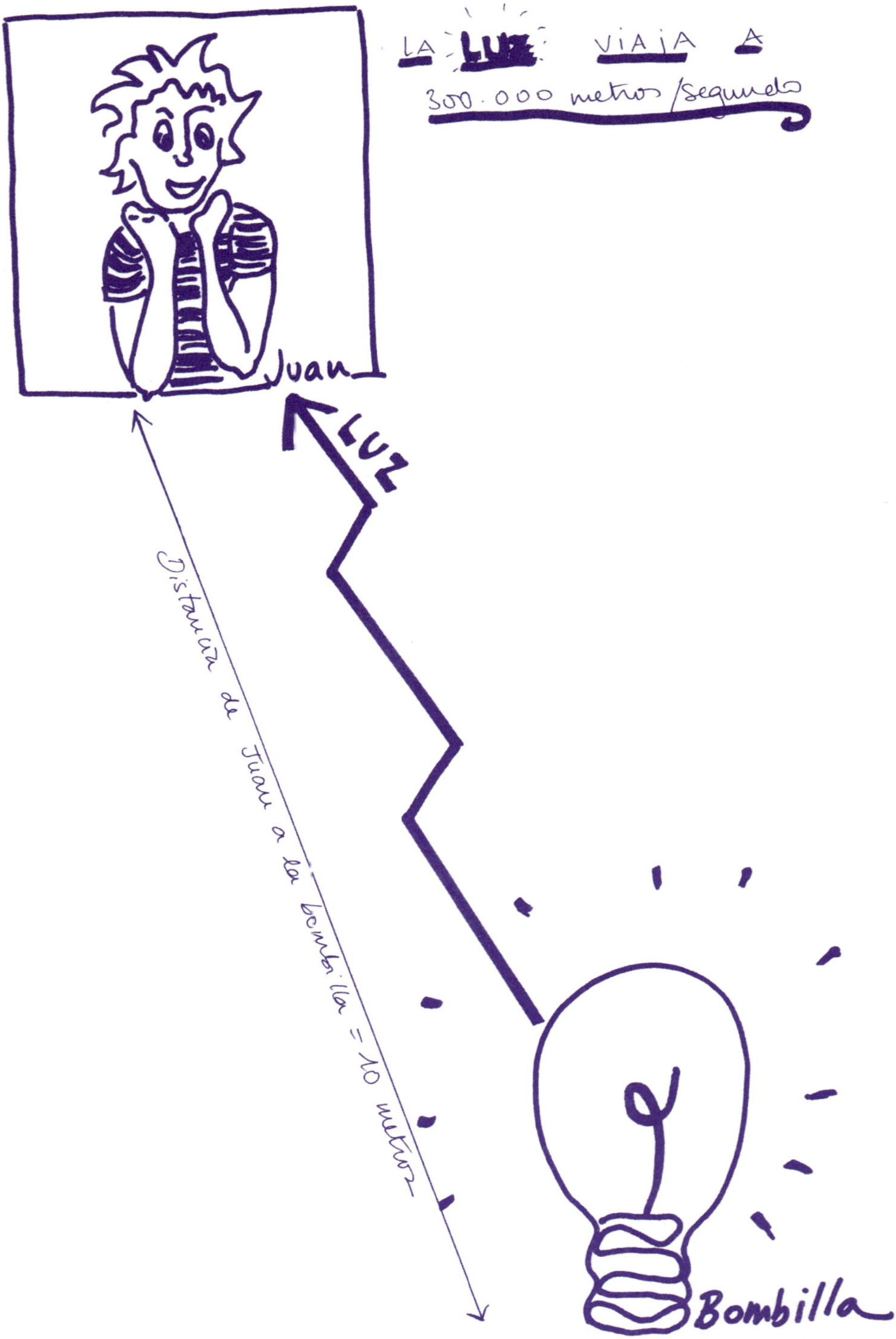
LA LUZ VIAJA A
300.000 metros/segundo
Juan
LUZ
Distancia de Juan a la bombilla = 10 metros
Bombilla

la luz viaja tan deprisa, a 300.000 kilómetros por segundo.

Anita no entendía, sin embargo, qué era el Universo o, mejor dicho, por qué era tan importante descubrir dónde se terminaba... Su imaginación no llegaba a divisar más allá de aquellas estrellas que veía desde su jardín. Pero no le importaba. Tal vez Juan deseaba conocer más. Su primo quería ver qué había después de la Vía Láctea y, a ser posible, saludar a otras personas que tal vez habitaran por ahí. De momento a Anita le bastaba con conocer a su primo. Al menos eso creía.

Con el paso de los días, su cabeza siguió dándole vueltas a todos los conocimientos nuevos. Poco a poco, el jardín empezó a hacerse pequeño y la Osa Mayor ya no era suficiente. Cuando caía una estrella fugaz, Anita quería más. Cuando enfocaba una estrella lejana con el telescopio, quería saber hasta dónde llegaba su espectro, si era rojo o azul y averiguar lo lejos que estaba.

Al cabo de los meses, un día el Sol se eclipsó. Algo se puso delante del Sol y lo escondió durante un rato. La Luna se puso delante y durante unos minutos Anita y Juan vieron a través de un cristal cómo un anillo dorado y destellante era lo único que iluminaba la Tierra. Anita no entendía lo que era un eclipse. "Hablaremos de eso el próximo verano", le dijo Juan. Ella se asustó y pensó en lo poderoso que era el Universo y por qué sería mejor saber mucho sobre él para aprender a controlarlo. Juan le dijo que aunque nunca lo podrían controlar ellos solos, el Universo les había cuidado durante millones de años y que seguramente seguiría haciéndolo por otros muchos más.

1
minuto

## ...Y UNAS CUANTAS PALABRAS QUE TE AYUDARÁN A SABER MÁS

**Universo:** Cosmos. Conjunto de todo lo que existió, existe actualmente y existirá materialmente.

**Año-luz:** Medida empleada para definir la distancia que las ondas de la luz recorren en un año, teniendo en cuenta que en el vacío siempre viajan a 300.000 kilómetros por segundo.

**Planeta:** Cuerpo celeste sin luz propia que gira alrededor del Sol u otra estrella

**Sol:** Estrella que gobierna el Sistema Solar alrededor de la cual giran todos los planetas.

**Luna:** Satélite de la Tierra que gira a su alrededor dibujando elipses y que refleja la luz solar.

**Estrella:** Astro dotado de luz propia y que se observa bajo el aspecto de un punto luminoso.

**Astro:** Cuerpo celeste.

**Satélite:** Planeta secundario que gravita alrededor de un planeta principal y le acompaña en su movimiento.

**Aristóteles:** Filósofo griego que a los diecisiete años se establece en Atenas para seguir las lecciones del filósofo Platón.

**Ptolomeo:** Astrónomo griego que describió al Universo como una esfera con capas concéntricas. Como si pelásemos una cebolla, en cada capa, nos encontraríamos con un cuerpo celeste que da vueltas alrededor de la Tierra, que flota en el centro de todas las esferas.

**Copérnico:** Sacerdote y astrónomo polaco considerado el padre de la astronomía moderna.

**Galileo Galilei:** Astrónomo y físico italiano. Fundó el método de investigación que se sigue utilizando para la física moderna.

**Kepler:** Astrónomo alemán y uno de los padres de la astronomía moderna. Su mayor aportación fue intentar dar explicación a las fuerzas que hacen que los planetas giren alrededor del Sol.

**Newton:** Físico y astrónomo británico del siglo XVII sobre todo conocido por sus estudios sobre la fuerza de la gravedad.

**Gravedad:** Fuerza con la que unos cuerpos atraen a otros dependiendo de su masa.

**Sistema Solar:** Conjunto formado por el Sol y todos los astros que gravitan alrededor del mismo.

**Vía Láctea:** Aspecto que presenta nuestra galaxia si la observamos desde dentro del Sistema Solar. Está formada por millones de estrellas, los planetas y otros astros.

**Galaxia:** Conjunto de estrellas. La nuestra es la Vía Láctea y su principal estrella es el Sol.

**Meteorito:** Fragmentos metálicos o de roca proveniente de los espacios que separan los planetas.

**Edwin Hubble:** Astrónomo norteamericano. Verificó la teoría de la expansión del Universo.

**Expansión del Universo:** Teoría que explica cómo y por qué el universo permanece creciendo. Los cuerpos que lo forman, nunca dejan de alejarse unos de otros, de manera que el conjunto de todo lo que existe cada vez es mayor.

**Edad de una estrella:** Desde que una estrella comienza a emitir luz, es decir desde que es estrella, hasta que la luz de ésta se apaga. A lo largo de su vida, la luz de una estrella atravesará diversos espectros de color.

# Índice

...hasta la próxima aventura